Zhongguo Wenhua
Zhishi Duben

中国文化知识读本

主编　金开诚

编著　潘景岩

三曹与建安七子

吉林出版集团有限责任公司
吉林文史出版社

图书在版编目（CIP）数据

三曹与建安七子/潘景岩编著.—长春：吉林出
版集团有限责任公司：吉林文史出版社，2009.12（2022.1重印）
（中国文化知识读本）
ISBN 978-7-5463-1963-6

Ⅰ.①三…Ⅱ.①潘…Ⅲ.①曹操（155～220）–文
学评论②曹丕（187～226）–文学评论③曹植（192～
232）–文学评论④建安七子–文学研究Ⅳ.①I206.2

中国版本图书馆CIP数据核字（2009）第240106号

三曹与建安七子

SANCAO YU JIANAN QIZI

主编/ 金开诚 编著/潘景岩
项目负责/崔博华 责任编辑/曹恒 于涉
责任校对/王文亮 装帧设计/曹恒
出版发行/吉林文史出版社 吉林出版集团有限责任公司
地址/长春市人民大街4646号 邮编/130021
电话/0431-86037503 传真/0431-86037589
印刷/三河市金兆印刷装订有限公司
版次/2009年12月第1版 2022年1月第4次印刷
开本/650mm×960mm 1/16
印张/8 字数/30千
书号/ISBN 978-7-5463-1963-6
定价/34.80元

关于《中国文化知识读本》

文化是一种社会现象，是人类物质文明和精神文明有机融合的产物；同时又是一种历史现象，是社会的历史沉积。当今世界，随着经济全球化进程的加快，人们也越来越重视本民族的文化。我们只有加强对本民族文化的继承和创新，才能更好地弘扬民族精神，增强民族凝聚力。历史经验告诉我们，任何一个民族要想屹立于世界民族之林，必须具有自尊、自信、自强的民族意识。文化是维系一个民族生存和发展的强大动力。一个民族的存在依赖文化，文化的解体就是一个民族的消亡。

随着我国综合国力的日益强大，广大民众对重塑民族自尊心和自豪感的愿望日益迫切。作为民族大家庭中的一员，将源远流长、博大精深的中国文化继承并传播给广大群众，特别是青年一代，是我们出版人义不容辞的责任。

《中国文化知识读本》是由吉林出版集团有限责任公司和吉林文史出版社组织国内知名专家学者编写的一套旨在传播中华五千年优秀传统文化，提高全民文化修养的大型知识读本。该书在深入挖掘和整理中华优秀传统文化成果的同时，结合社会发展，注入了时代精神。书中优美生动的文字、简明通俗的语言、图文并茂的形式，把中国文化中的物态文化、制度文化、行为文化、精神文化等知识要点全面展示给读者。点点滴滴的文化知识仿佛繁星，组成了灿烂辉煌的中国文化的天穹。

希望本书能为弘扬中华五千年优秀传统文化、增强各民族团结、构建社会主义和谐社会尽一份绵薄之力，也坚信我们的中华民族一定能够早日实现伟大复兴！

目录

一 乱世终结者——曹操

东汉末年，宦官外戚斗得不可开交，皇帝实际上有名无权。经济凋敝，政治混乱，群雄四起，稍有实力便可称霸一方，真是彻彻底底一个乱世！就在历史进入到这样一个"群魔乱舞"时代的同时，一个在后来常被人们称为"奸雄"的小人物正在悄悄崛起，并逐步崭露头角。凭借几十年的苦心经营和东征西伐，他力挽狂澜，终结了乱世——他，就是曹操。

史书记载，曹操小的时候，好飞鹰走狗，到处游荡，和一些纨绔子弟，如袁绍、张邈等人胡作非为，四处惹事。曹操的父亲因公务繁忙，也没有太多时间教导他。倒是曹操的一个叔叔觉得他闹得太不像话了，就对曹操的父亲

东汉末年，政治混乱，经济凋敝

曹嵩说："阿瞒这孩子实在是太顽劣，整天不务正业，这样发展下去怎么行呢？你这个做父亲的也该管教管教他才是。"曹操的父亲听了，觉得很有道理。马上把曹操叫到跟前声色俱厉地训斥了一番。曹操也不敢争辩，低着头做出一副唯唯诺诺的样子，心里却盘算着想个什么办法整一整多嘴的叔叔，为自己出口恶气，还得让他在父亲面前失去信任，不然三天两头跑去告自己的"刁状"，以后哪有好日子过啊。曹操想来想去终于想到了一个"好主意"。

有一天，他看到叔叔迎面走过来，便故意作出一副口歪眼斜、半身麻痹的样子过去

幼年的曹操就足智多谋，富有心机

三曹与建安七子的作品犹如一扇窗，反映了东汉末年的社会政治生活

打招呼。叔叔问他："你这是怎么了？"他回答说："不小心中风了。"叔叔一听马上跑去告诉了曹操的父亲，"阿瞒中风了，你快去看看吧！"天下哪有父母不疼子女的？一听说儿子中风了，平时威严的父亲也顾不得形象，三步并作两步跑去看个究竟。到了一看，曹操好好地坐在那里看书，哪有一点中风的样子。于是气喘吁吁地问："你叔叔刚才跟我说你中风了，怎么这会儿好好的？"曹操叹了口气，皱着眉头，做出一副很为难的样子对父亲道："唉！我原来以为叔叔只是不喜欢我，没想到他居然这么讨厌我。还在您面前诅咒我中风，真不知道我哪里做得不好，得罪他了！"做父亲的当然相信自己的儿子，从此以后叔叔在父亲那儿失去了信任。

待父亲匆匆忙忙跑过去，发现曹操正好端端地坐在那里看书

解决了被叔叔打小报告这个大麻烦，曹操玩得更疯了。有一天，他和袁绍、张邈几个伙伴凑到一起，商量着还有什么好玩的。能玩的他们都玩过了，也玩腻了。又没有什么新鲜玩意更能引起他们的兴趣，怎么办呢？想来想去，曹操一拍脑袋说："我想出一件好玩的事，不知道你们敢不敢去？"其他几个孩子也都出了名的顽皮，听曹操这么

曹操和伙伴们商量着晚上要去新房闹一闹

大胆的曹操提议去偷新娘子

三曹与建安七子

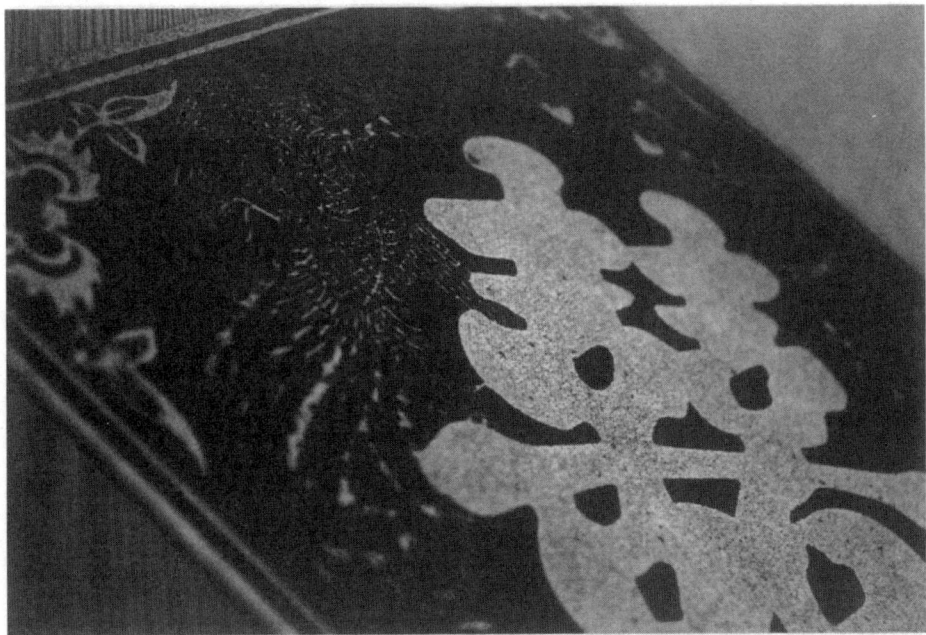

一说，马上应到："有什么是我们不敢的？你赶紧说吧，只要好玩，我们一起去。"曹操接着说："我听说今天有人结婚，我们去新房里闹上一闹。"其他几个伙伴没趣地说："闹洞房有什么好玩的，早都玩过的旧把戏了，没什么好玩的我们走了。""我说的不是闹洞房，是偷新娘子。想想看，如果咱们把新娘子偷走，那她的婆家还不着急？这样一来不就有热闹了。"曹操赶紧说道。大家一听，这个主意好，既新鲜又刺激，于是一伙人就商量着怎么偷新娘子。有人说："婚礼上人那么多，我们怎么才能把新娘子偷出来呢，总不能在众目睽睽之下就冲进洞房去

曹操的提议得到了小伙伴们的响应，大家准备晚上行动

乱世终结者——曹操

到了快入洞房的时候，曹操和小伙伴们悄悄地来到了办喜事的人家

抢吧？"其他人也都附和道："是啊，是啊，怎么偷呢？"曹操说："我早就有主意了，我们给他来一招调虎离山……"

　　晚上，到了快要入洞房的时候，曹操一伙人悄悄地来到办喜事的那户人家。这时宾客们还没有散去，都在喝着喜酒，推杯换盏好不热闹。忽然不知从哪里传来一声："有贼啊，快抓贼！"所有的宾客都慌慌张张地跑出来抓贼。曹操一伙人趁机溜进洞房，偷了新娘子就跑。袁绍慌不择路，一头跑进了灌木丛，衣服被些灌木勾住，跑不了。他焦急地对曹操说："怎么办，我的衣服都被这些灌木勾住了，动不了。

趁着宾客们还在尽情畅饮，曹操和小伙伴们声东击西偷出了新娘

袁绍的衣服被灌木勾住，机智的曹操让袁绍挣破了衣服，跑出了灌木丛

乱世终结者——曹操

快点帮帮我，后面的人马上就追来了！"曹操答应说："好，这就来。"只见他回过头来用手指着袁绍大声地喊："快追啊，贼在这！"袁绍一听急了，使劲一挣，挣破了衣服，终于从灌木丛中跑了出来。

从这两个小故事中，我们可以看出，曹操小时候是很顽皮，甚至有些顽劣的。但是，从另一方面来看，他又是很聪明、很有计谋的。那么，曹操是否真像表面上看起来那样无所事事，不学无术呢？其实不是的。他虽然行为放荡，但十分好学。他喜好读书，特别好兵书。这种好读书的习惯一直延续终生。即使在后来的行军生涯中，他仍手不释卷。就连他的儿子曹丕也在作品中写道："上雅好诗书文籍，虽在军旅，手不释卷。每每定省从容，常言：'人少好学，则思专，长则善忘；长大而能勤学者，唯吾与袁伯业耳。'"这里的袁伯业，指的就是袁绍。

少年顽皮而又好学的曹操，在青年时期被当时国家的最高军事长官——乔玄所看好，并指出，将来能够平定天下，让老百姓安居乐业的人就是曹操。乔玄还曾对曹操交代："我乔某已经老朽了，又恰逢乱世，以后我的子孙就托付给你照顾了。"

曹操一生爱好读书，手不释卷

汉代陶俑

东汉末年有一种风气，就是当时的社会名流喜好品评人物，一个人要想出人投地，进入上流社会，得到大家的重视，必须得到人物评论家的评价，这样才能得到社会的承认，乔玄就是当时为人们所称道的"知人"的"名臣"，他对曹操的才能所作出的高度评价，有着极其广泛的影响。后来就连曹操自己也承认，自己得以"增荣"，受到人们的重视，与乔玄的"奖助"是分不开的。

乔玄不仅自己赏识曹操，还介绍曹操去拜见当时非常著名的品评家许劭。许劭是当时非常有名的人物评论家，他每月初一都会针对当时的人物发表评论，被称为"月旦评"。

乔玄和许劭的评价使
曹操名扬四海

乔玄对曹操说："你若想出人投地，受到人们的重视，就必须获得许劭的评价。曹操多次拜见许劭，终于获得"治世之能臣，乱世之奸雄"的评语，并且一直流传至今。

曹操获得了乔玄和许劭的评价，为自己制造了强大的社会舆论，树立了良好的公众形象，使自己从一个默默无闻的小人物，变成世人皆知的青年才俊。

175年，曹操被举荐为孝廉，授职为洛阳北部尉。举孝廉，是汉代发现和培养官吏预备人选的一种方法。它规定每年每二十万户中要推举孝廉一人，由朝廷任命官职。被举荐之人，除博学多才外，还要孝顺父母，

曹操被举为孝廉，顺利步入政坛

行为清廉，故称为孝廉。也就是说，成为孝廉，是合法进入官场的资格证，只要获得这张资格证，不管你能力如何都能堂而皇之地步入官场。孝廉制度的初衷是希望选拔一些德才兼备的青年为国家效力，然而，在实际操作过程中却多为世族大家所垄断，成为世家子弟进入官场的一种方便而又快捷的手段。特别是到了一片混乱的东汉末年，互相吹捧，弄虚作假之风愈演愈烈，甚至到了童谣里唱的"举秀才，不知书；举孝廉，父别居"的程度。

曹操能够被举为孝廉，顺利地步入政坛，得益于他有个"好爷爷"。曹操出生于一个

政治混乱的东汉末年，弄虚作假之风横行

曹操能够被举为孝廉和他出身的家庭有着密切的关系

乱世终结者——曹操

曹操的官宦家庭在东
汉末年十分显赫

声名显赫的官宦家庭。曹操的祖父曹腾是汉相国曹参的后人，也是东汉末年宦官集团中的一员；父亲曹嵩，是曹腾的养子。曹嵩的出身，当时就搞不清楚，所以陈寿称他："莫能审其生出本末。"也有人说他本姓夏侯。作为宦官的子孙，在东汉那样一个重视世家大族的朝代是相当没有地位的，也是被人看不起的。但是东汉又是一个由宦官和外戚轮流掌权的时代。宦官曹腾作为一个服侍了四

代皇帝的宦官头目，是很有势力的，他的子孙要进入官僚阶层，步入政治舞台还是很容易的。然而，曹操踏入政坛之后，不但没有致力于维护家族利益，反而举起了反对宦官统治这面大旗。一方面，聪明的曹操早已审时度势，当时的宦官虽然很有势力，自己也是靠着宦官的裙带关系才得以进入官场的，但是在统治阶级内部，人们已经把斗争的矛头指向宦官，谁能够挺

曹操步入政坛后审时度势，加入了反对宦官的政治队伍

身而出反对宦官，谁就能得到信任和拥护；另一方面，宦官集团窃取高位，横行郡国，为人们所不齿，作为一个有才能、有思想的青年人，加入反宦官的队伍也是曹操自愿的。洛阳作为东汉的都城，是皇亲贵族聚居之地，因而很难治理。曹操作为地方军事长官，一到职就申明禁令、严肃法纪，造五色大棒十余根，悬于衙门左右，并贴出告示宣称："有犯禁者，皆棒杀之。"一天，皇帝宠幸的宦官蹇硕的叔父蹇图违禁夜行，被曹操抓获，曹操毫不留情，用五色棒将蹇图处死。曹操这种不畏强权，不向恶势力低头的精神起到了很好的威慑作用，从此无人再敢随意触犯

曹操担任地方军事长官，严格执法，铁面无私

在曹操的治理下，洛阳
的治安大为好转

法律，整个洛阳的治安大为好转。

兔死狐悲，经过此事，整个宦官集团对曹操这种"倒行逆施"的行为恨之入骨，但是曹操有个身为大宦官头目的"好爷爷"撑腰，又迎合了官僚集团的反宦官斗争，其他宦官也拿他没办法。想来想去，只好假惺惺地"举荐"曹操担任顿丘令，将他

曹操的政治生涯跌宕起伏

调离政治中心。

此后，曹操的政治生涯起起伏伏，但他却始终站在与宦官集团作斗争的一边。

184 年，给东汉政权以致命一击的黄巾军大起义爆发。统治集团内部慌作一团。迫于外部压力，曾经势不两立的外戚和宦官终于联起手来一致对外，联手镇压黄巾军。此时的曹操也被汉灵帝封为骑都尉，在颍川一带镇压黄巾起义。结果,曹操的队伍大破黄巾军,斩首数万级,初步显示了他过人的军事才能。他也因为军功而升迁为济南相。济南国(今山东济南一带)有十多个县,各县的长官大多依附权贵,贪赃枉法,无所顾忌。在曹操之前,历任相国都置之不问。曹操到职后,大力整饬,一次就奏免长吏八名,济南震动,贪官污吏纷纷逃窜。一时间"政教大行,一郡清平"。大刀阔斧的整治行为取得了良好的效果,但也遭到了那些人的记恨,不断有人到灵帝那里去诋毁曹操。时间一长,灵帝信以为真,又一次将曹操明升暗降,改封为东郡太守。

黄金起义图

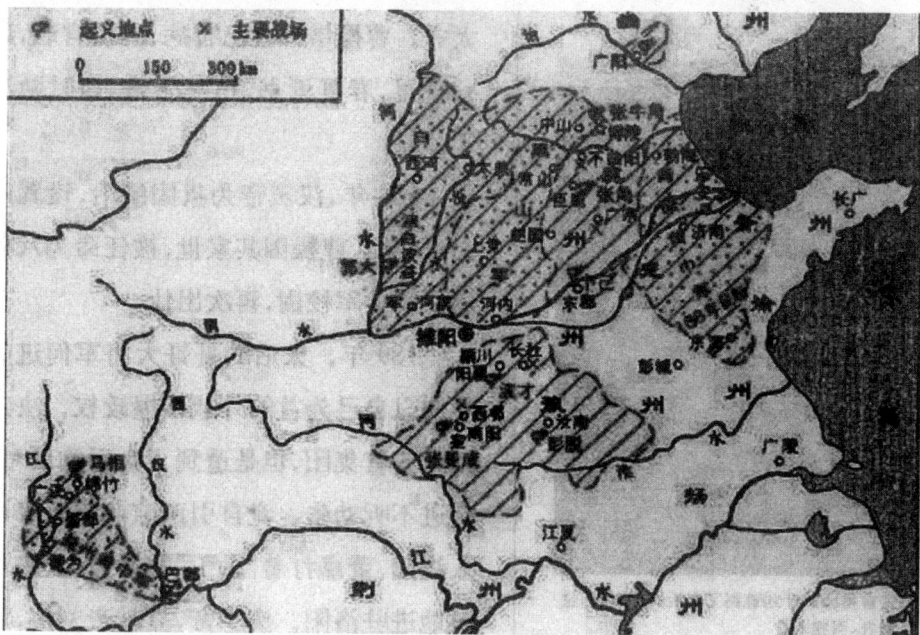

曹操被改封为东郡太守后，回到故乡，过起了隐居的生活

曹操借口自己有病，辞去官职，回归乡里，春夏读书，秋冬游猎，暂时隐居了。

188 年，汉灵帝为巩固统治，设置西园八校尉，曹操因其家世，被任命为八校尉中的典军校尉，再次出仕。

189 年，太后的哥哥大将军何进为了使以自己为首的外戚掌握政权，决定铲除宦官集团，但是遭到了太后的反对。何进不听劝告，竟自引西凉刺史董卓进入洛阳，董卓打着"勤王"的旗号，大张旗鼓地进驻洛阳。废少帝，立献帝刘协，后又杀太后及少帝，自称太师，专擅朝政，大肆拉拢当时反宦官

铲除宦官集团的计划遭到了太后的反对，何进不听劝告，引狼入室

的著名人物。曹操也在董卓的拉拢范畴之内。但曹操眼见董卓倒行逆施，不愿与他合作，遂改名易姓逃出京师洛阳。就在这次狼狈出逃中，犹如惊弓之鸟的曹操错杀好友吕伯奢一家，凄厉地喊出："宁我负人，莫人负我！"后又经《三国演义》的作者再加工成为："宁肯我负天下人，不可天下人负我！"曹操因此留下了千古恶名。

曹操出逃后，辗转来到陈留，"散家财，合义兵"组织起一支五千人的军队，准备讨伐董卓。

190 年正月，关东州郡牧守起兵讨伐

董卓进驻洛阳后，自称太师，专擅朝政

董卓，共推袁绍为盟主，曹操为副盟主。二月，董卓胁迫献帝迁都长安（今陕西西安西北），自己留居洛阳抵御关东军。董卓的凉州军骁勇善战，关东军十余万人驻酸枣（今河南延津北）一带，无人敢向洛阳推进。曹操认为董卓"焚烧宫室，劫迁天子，海内震动"，应趁机与之决战，遂独自引军西进。行至荥阳汴水（今河南荥阳西南）与董卓大将徐荣交锋，由于士兵数量相差悬殊，曹操大败，士卒死伤大半，自己也被流矢所伤，幸得堂弟曹洪让出他的战马，曹操才得以保全性命。回至酸枣，曹操建议诸军各据要地，再分兵西入武关（今陕西丹凤东南）围困董卓，关东诸将不肯听从。其实，关东诸军名为讨董卓，实际各怀鬼胎，意在伺机发展自己的势力。不久，诸军之间发生摩擦，相互火拼，逐渐瓦解了。

192年，司徒王允与吕布在长安定计杀掉董卓。董卓部将李傕、郭汜等攻陷长安，杀了王允，进攻吕布，关中也陷入战乱。当时，州郡牧守各据一方，形成诸侯割据的局面。

同年，青州黄巾军大获发展，连破兖州等郡县，阵斩兖州刺史刘岱。济北相鲍

曹操与徐荣交锋大败，幸而堂弟让出战马，才使他得以保全性命

曹操兴办屯田，有效地解决了曹操军事集团的粮食问题

信等迎曹操任兖州牧。曹操和鲍信合军进攻黄巾，鲍信战死，曹操"设奇伏，昼夜会战"，终于将黄巾击败。获降卒三十余万，人口百余万。曹操收其精锐，组成军队，号"青州兵"。又经过了几年的征讨，曹操将吕布、张邈赶出兖州，建立了自己的根据地。军队和根据地的建立，使曹操具备了得以成事的基本条件。

早在 192 年，曹操的谋士毛玠就向曹操提出了"奉天子以令不臣，修耕植，畜军资"的战略性建议，曹操深以为是。

196 年 8 月，曹操亲至洛阳朝见献帝，随即迎献帝于许昌。"挟天子以令诸侯"，取得了政治上的绝对优势。之后，曹操被封为大将军、武平侯。

汉魏之间，社会生产遭受严重破坏，出现了大饥荒。这一时期，粮食供应成为各军事集团最大的问题，因军粮不足而无敌自破者不可胜数。同年，曹操采纳部下枣祗等人的建议，利用攻破黄巾军所缴获的物资，在许昌募民屯田，当年即大见成效，得谷百万斛。于是曹操命令在各州郡设置田官，兴办屯田。屯田有效地解决了曹操集团的粮食问题，所以曹操说："后遂因此大田，丰足国用，

曹操实行了一系列措施
来恢复发展农业

摧灭群逆，克定天下。"在大力屯田的同时，曹操采取各种措施，扶植自耕农经济。针对当时人口流失、田地荒芜的情况，曹操先后采取招还流民、迁徙人口、劝课农桑、兴修水利、检括户籍等办法，充实编户，恢复农业生产。曹操前后实行的这一系列措施，使濒于崩溃的自耕农经济得到了恢复和发展。使曹魏集团有了雄厚的经济基础。

曹操不仅具备超群的军事领导能力，还具有很高的艺术天赋

战争，一方面拼的是经济实力，一方面拼的是人才。在吸纳人才方面，曹操三下求贤令，提出"不拘品行、唯才是举"的用人方针，目的是尽量把人才收罗到自己身边。该方针提出后，各路人才倾心归附。为曹魏集团建立了强大的人才储备系统。

经过多年的战火洗礼，曹操已从意气风发的青年，变为思想成熟的政治家、军事家。但曹操的才能并不局限于政治和军事。他对文学、书法、音乐等都有深厚的造诣。史书记载："太祖御军三十余年，手不舍书。书则讲武策，夜则思经传。登高必赋，及造新诗，被之管弦，皆成乐章。"

曹操在音乐方面有着很深的造诣

曹操的诗歌，今存不足二十篇，全部是乐府诗体。内容大体上可分三类：关涉时事的诗歌；表述理想的诗歌；游仙诗。

与时事有某种关联的作品有《薤露行》《蒿里行》《苦寒行》《步出夏门行》等。《薤露行》和《蒿里行》二诗，作于建安初年。前一篇反映何进谋诛宦官事败，董卓入洛阳作乱；后一篇写关东各州郡兴兵讨卓，又各怀野心，互相杀伐，在内容上紧相承接。诗篇以简练的语言，高度概括地写出了这一段历史的发展过程，因此被钟惺誉为"汉末实录，真诗史也"。尤其可贵的是，在《蒿里行》诗中，曹操以同情的笔调，

曹操在《蒿里行》的行文中流露出对遭受战争苦难的广大人民的同情

写出了广大人民在战乱中所罹的深重苦难："铠甲生虮虱，万姓以死亡，白骨露于野，千里无鸡鸣，生民百遗一，念之断人肠。"《苦寒行》作于建安十一年，诗篇描写冬日太行山区的酷寒、荒芜、险峻，同时也写出了诗人内心的复杂感受。《步出夏门行》作于建安十二年北征乌桓时。该诗包括"艳"(前奏)及四解。"艳"着重写了诗人出征时的复杂心情。一解"观沧海"，写进军时途经碣石时的观感；二解"冬十月"、三解"河朔寒"，写归途中见闻；四解"龟虽寿"，写自己在这场重要战役取得胜利后的思想活动。其中"观沧海"描写的是大海景象，"秋风萧瑟，洪波涌起，日月之行，若出其中；星汉灿烂，若出其里"，气势磅礴，格调雄放，映衬出诗人包容宇宙、吞吐日月的博大胸怀。"龟虽寿"以一系列生动的比喻，表达了诗人对人生及事业的看法，"老骥伏枥，志在千里；烈士暮年，壮心不已"。这是诗人贯彻终生的积极进取精神的真实表白。

以表述理想为主的诗歌有《度关山》《对酒》《短歌行》等。前两篇写诗人的政治理想。他设想的太平盛世是儒法兼采、恩威并用的贤君良臣政治。这在汉末社会遭到大破坏的现实背景下，无疑是具有进步意义的。《短歌行》的主题是求贤，以"山

东临碣石，以观沧海

曹操的游仙诗名为访仙
实为"访贤"

不厌高，水不厌深，周公吐哺，天下归心"
等诗句，来抒发求贤若渴，广纳人才，以冀
成其大业的心情。

　　游仙诗有《气出唱》《秋胡行》等。曹
操是不信方士神仙之说的，所以有人说，曹
操的游仙诗名为访仙实为访贤。不管怎么说

三曹与建安七子

他写这些诗当是别有所寄。

在艺术风格上，曹操诗歌朴实无华、不尚藻饰。多以感情深挚、气韵沉雄取胜。在诗歌情调上，则以慷慨悲凉为其特色。慷慨悲凉本是建安文学的共同基调，不过在曹操的诗中，表现得更为典型，更为突出。在诗歌体裁上，曹操的乐府诗并不照搬汉乐府的成规，而是有所发展。如《薤露行》《蒿里行》，在汉乐府中都是挽歌，他却运用旧题抒写了全新的内容。曹操开创了以乐府写时事的传统，影响深远。建安作家以及从南北朝直到唐代的许多诗人，他们拟作的大量乐府诗，都可以说是

曹操的诗歌慷慨悲凉，气韵沉雅

魏武帝曹操像

对这一传统的继承和发扬。

曹操的散文多是应用性文字，大致可分为表、令、书三大类。其代表作有《请追增郭嘉封邑表》《让县自明本志令》《与王修书》《祀故太尉桥玄文》等。这些文字的共同特点是质朴浑重、率真流畅，写出了曹操的心声。如《让县自明本志令》，自述大半生奋

斗经历，分析当时形势，剖析自己的心志，其"设使国家无有孤，不知当几人称帝，几人称王"等语，写得极其坦率而有气魄。从东汉以来，散文出现了骈化的趋势，至汉末而渐显，一般散文作者开始讲求对偶、注重用典。而曹操以其平易自如、质实明练的文体，在当时独树一帜。鲁迅曾称赞曹操是"改造文章的祖师"。

鲁迅十分欣赏曹操的文章

曹操的推动使得建安文学在连年战乱、社会残破的状况下得以兴盛

曹操在文学上的功绩，还表现在他对建安文学所起的建设性作用上。建安文学能够在长期战乱、社会残破的背景下得以兴盛，同曹操对其的重视和推动是分不开的。刘勰在论述建安文学繁荣的原因时，就曾指出"魏武以相王之尊，雅爱诗章"。事实上，建安时期的主要作家，无不同他有密切的关系。曹丕、曹植是他的儿子，"七子"及蔡琰等，也都得力于他的荫护。可以说，"邺下文人集团"就是在他提供的物质条件基础上形成的；而他们的创作，也是在他的倡导影响下发展繁荣的。

三曹与建安七子

二 文学理论家——曹丕

220 年，曹操在洛阳病逝，其次子曹丕继位为丞相。当年十月，曹丕逼迫汉献帝让位，取代汉朝，自立为皇帝，国号魏，改元黄初，将都城由许昌（原许县）迁至洛阳。并下令修复洛阳，营建五都。设立中书省，其官员改由士人充任，原由尚书郎担任的诏令文书起草之责转由中书省官员担任，机要之权渐移于中书省。他还制定妇人不得预政，群臣不得奏事太后，后族之家不得当辅政大臣的法令。从而有效地避免了外戚专权。曹丕建立并推行九品中正制，把用人权交给士族地主，拉拢他们以获得支持。保障了国家政权的稳固。

曹丕制定了一系列的法令，以避免外戚专权

被评议者的族望和父祖官爵
也是中正评议的内容之一

所谓九品中正制，是魏晋南北朝时期一种重要的官吏选拔制度。又名九品官人法。其制先是在各郡设置中正，稍后又在各州设置大中正。州郡中正只能由本地人充当，且多由现任中央官员兼任。任中正者一般是九品中的二品，即上品。郡中正初由各郡长官推选，晋时改由州中正荐举，司徒府掌握中正的任命权。州郡中正都设有属员，称为"访问"。一般人物可由属员评议，重要人物则由中正亲自评议。

中正的职权主要是评议人物，其标准有三：家世、道德、才能。家世又称"簿阀""簿世"，指被评议者的族望和父祖官爵。中正对人物的道德、才能只作概括性的评语，称为"状"。如曹魏时中正王嘉"状"吉茂为"德优能少"；西晋时，中正王济"状"孙楚为"天材英博，亮拔不群"。中正根据家世、才德的评论，对人物作出高下的品定，称为"品"。品共分为九等，即上上、上中、上下、中上、中中、中下、下上、下中、下下。但类别却只有两种，即上品和下品。一品无人能得，形同虚设，故二品实为最高品。三品在西晋初年尚可算高品（上品），以后降为卑品（下品）。

中正评议结果上交司徒府复核批准，然后送吏部作为选官的依据。中正评定的品第又称"乡品"，和被评者的仕途密切相关。

品共分为九等，是吏部选官的依据

三曹与建安七子

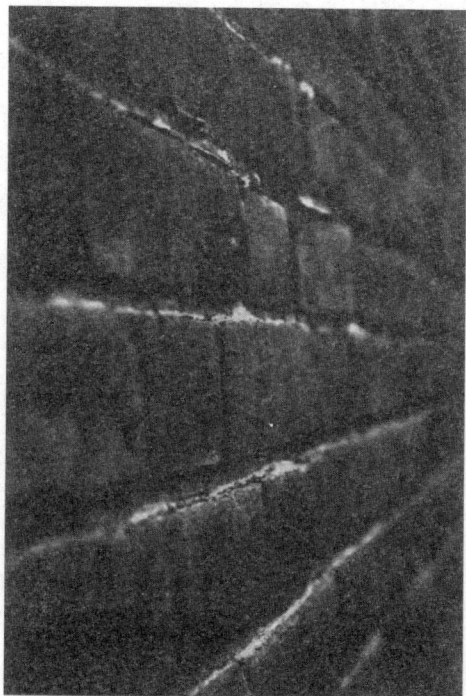

中正评议结果要上交司徒府复核批准

中正评定的品第和被评者
的仕途密切相关

文学理论家——曹丕

凡任官者其官品必须与其乡品相适应，乡品高者做官的起点（又称"起家官"）往往为"清官"，升迁较快，受人尊重；乡品卑者做官的起点往往为"浊官"，升迁较慢，受人轻视。

中正所评议的人物照例三年调整一次，但中正对所评议人物也可随时予以升品或降品。一个人的乡品升降后，官品及居官之清浊也往往随之变动。由于中正品第皆用黄纸写定并藏于司徒府，称为"黄籍"，故降品或复品都须去司徒府改正黄纸。为了提高中正的权威，政府还禁止被评者诉讼枉曲。但中正如定品违法，政府要追查其责任。

九品中正制创立之初，评议人物的标准是家世、道德、才能三者并重。梁朝史学家沈约甚至说它是"盖以论人才优劣，非谓世胄高卑"。但由于魏晋时充当中正者一般是二品，二品又有参预中正推举之权，而获得二品者几乎全部是门阀世族，故门阀世族就完全把持了官吏选拔权。于是在中正品第过程中，才德标准逐渐被忽视，家世则越来越重要，甚至成为唯一的标准，出现了"上品无寒门，下品无世族"的门阀士族垄断政权的局面。

门阀士族把持官吏的选拔权后，家世变得越来越重要

曹丕大力发展屯田制，
稳定经济，卓有成效

经济上，曹丕继续发展屯田制，施行谷帛易市，稳定社会秩序。黄初末，魏国国库充实，累积巨万，基本解决了战争造成的通货膨胀问题。

军事上，曹丕的能力可就不怎么样了。刘备伐吴时，曹丕看出刘备要失败，不听谋士贾诩、刘晔之言，偏要坐山观虎斗，事后又起兵伐吴，结果被孙权击败。回洛阳后，曹丕因伤大病，气急败坏之下离开人世，终年40岁。

可以说作为皇帝的曹丕，也还算是兢兢业业，但绝不足以名垂千古。现在人们提起曹丕，更看重的是他的文学成就，作为文学家的曹丕远比作为皇帝的他精彩得多。

曹丕大败，终因积郁成疾，离开人世

曹丕上任后有效地解决了战争造成的通货膨胀问题

文学理论家——曹丕

曹丕爱好文学，颇有建树

曹丕喜爱文学，称帝以前，就曾以"副君之重"居于邺下文人集团的中心，主持文坛，左右舆论。"三曹""七子"是建安文学最突出的代表人物，而曹丕与建安七子，不仅仅是君臣的关系，更有着十分深厚的友谊。曹丕在《与吴质书》中，以伤感的笔触写道："阮瑀长逝，化为异物。每一念至，何时可言。""节同时异，物是人非，我劳如何？"并在《又与吴质书》中，再次为徐干、陈琳、刘桢等人"一时俱逝"而悲痛不已。他还提出了"少壮真当努力"的口号，不仅告诫自己，也激励他人，不应沉于悲痛而应奋发向上。特别是在他的《典论·论文》中，

曹丕提出了"少壮真当努力"
口号，告诫自己，也激励他人

曹丕与建安七子之间有着深厚的友谊

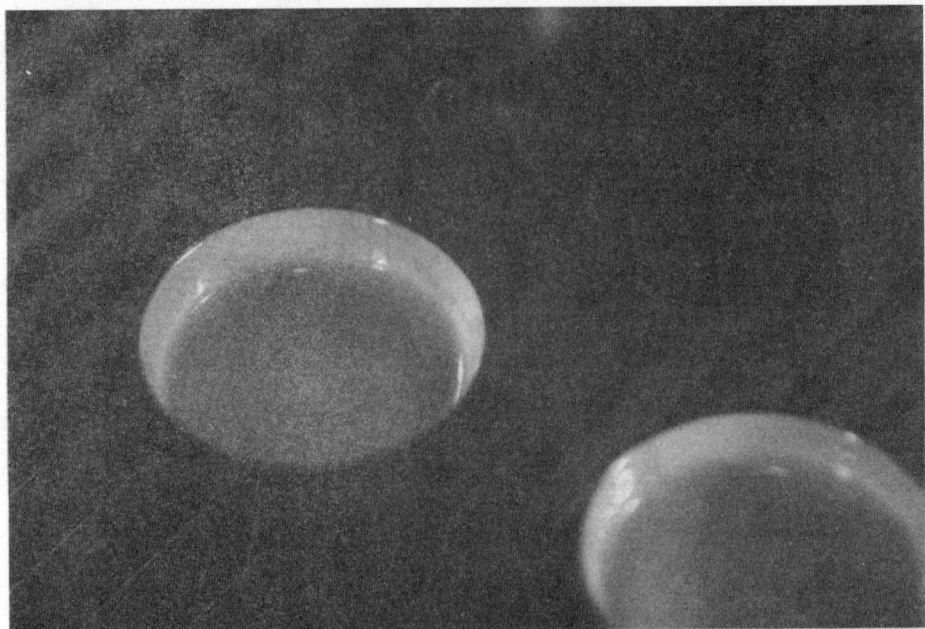

曹丕的文学理论在历史上占有重要的地位

曹丕更是以其饱蘸激情和友谊的笔端，为建安七子逐一描画刻像，从中不仅可以看出曹丕与建安七子的友情，也为后世流下了丰富的文学遗产。说到这里，我们不能不说一下曹丕的《典论·论文》。要评论曹丕的文学成就，就要从他的文艺理论和文学实绩两方面入手。曹丕的文学理论，在历史上占有极其重要的地位，是祖国文学宝库中最灿烂的瑰宝之一，对文学理论批评的发展产生了巨大的影响。

曹丕的文学理论批评，散见于他的书信和论文。而最集中表达他文学理论见解的，首推《典论·论文》。《典论·论文》是中国

文学批评史上第一部文学专论。是曹丕当魏太子时撰写的一部学术论文集，共二十篇。全书大部分已亡佚，现仅存《论文》一篇。

在《论文》中曹丕提出了作家的气质与风格等文学理论问题

《论文》主要阐述有关文章的评论和写作方面的问题。这里所说的"文章"，包括诗赋等纯文学作品，也包括精心构思而写成的说理和应用散文。作者在《论文》中，提出了几个重要的文学理论问题：即文学的价值问题，作家的气质与作品的风格问题，文体问题以及文学批评者的态度问题，并对这些问题发表了独特的见解。他批评了文人相轻的陋习，提出应当"审

曹丕提出了"文以气为主"的命题作品的风格决定于作家的气质

己以度人"才能避免此累；评论了当时的文人亦即建安七子在文学上的才力及不足，分析了不同文体的不同写作要求，说唯有通才才能兼善各体；提出"文以气为主"的命题，说明作品的风格决定于作家的气质和个性，有什么样的人就有什么样的风格；论述了文学的社会功能，将它提到"经国之大业，不朽之盛事"的高度。单就他的这一理论，就使建安时期人们对文学的地位、作用和特点等有了全新的认识。

可以说，《典论·论文》的出现，与建安时期文学的繁荣和文人相互切磋的风气有密切的关系。同时，它的出现，又反过来提高了文学的社会地位，推动了文学的繁荣发展。

三曹与建安七子

《典论·论文》是中国文学走向成熟和自觉的重要标志，其中的见解对后人有着深刻的启迪和影响。

曹丕在文学史上，不仅是杰出的文艺理论批评家，还是一位了不起的诗人。郭沫若先生在《论曹植》一书中曾指出："建安文学在中国文学史上是有着划时代的表现的。""诗歌脱离了四言的定型，而尽量乐府化，即歌谣化。另一方面把五言的新形式奠定了下来。这是曹氏父子和建安七子的共同倾向，也是他们的共同功绩。因此像曹操的'古直悲凉'，曹丕的'鄙直如偶语'，倒正是抒情化、民俗化过程的本色。而且在这儿我们不能不认定是有

曹操父子在推动诗歌抒情化民俗化的过程中有着重要的功绩

建安文学的繁荣有着政
治力量的贡献

政治力量作背景，假如没有曹操曹丕的尊重文士与奖励文学，绝对不能集中得到那样多的人才，也绝对不能收获那样好的成绩。同时代的吴与蜀，差不多等于瘠土，不就是绝对的旁证吗？”这段中肯的品评，正是说明了建安文学的发展与繁荣，与政治上的主宰——曹氏父子，特别是曹丕的重视和努力是分不开的。同时也旁征博引地说明了，曹

曹丕诗歌的最大价值
在于他那感情充沛的
抒情韵味

丕诗歌的最大价值在于他那人性化的、情
感充溢的抒情性韵味。

　　清代著名学者沈德潜在《古诗源》魏
武帝诗注中，对建安文学有过如此评述：
"孟德（曹操）诗犹是汉音，子桓（曹丕）
以下，纯乎魏响。"沈德潜把建安文学分
为两个发展阶段：以曹操为代表的"汉音"
阶段与以曹丕为始创者的"魏响"阶段。

在建安文学的演化过程中，曹丕是"汉音"和"魏响"的桥梁、枢纽。他既是"汉音"的继承者、发扬者，又是"魏响"新风的开拓者。因此，在建安文学中，曹丕实为成就卓著者。作为"汉音"的发扬者，曹丕的作品反映了社会战乱这一建安文学的共同主题，其不同于他人之处在于，他的作品更加深广地揭示了社会的本质矛盾，这也是他的超群之处。如《莺赋》中："怨罗人之我困，痛密网而在身，顾穷悲而无告，知时命之将泯。"倾诉了被压迫者的悲苦命运。又如《出妇赋》中"无子而庆出，自典礼之常度"，浅而言之，他书写了夫权压迫下妇女的悲惨命运，对她们的不幸遭遇给予了深切的同情，同时也揭露了"七出之条"等封建礼教的罪恶。在《上留田行》中："居世一何不同？富人食稻与粱，贫子食糟与糠。"揭露了社会贫富不均，替贫苦农民抒发了内心深处的极度不满。由于战乱是建安时期的社会特征，因而游子思妇之悲也在他的诗作中表现出来。如他的言情名篇《燕歌行》：

"秋风萧瑟天气凉，草木摇落露为霜，群燕辞归雁南翔。念君客游思断肠，慊慊

秋风萧瑟天气凉，草木摇落露为霜

援琴鸣弦发清商，短歌微吟不能长

明月皎皎照我床，星汉西流夜未央

《满歌行》描写了少妇对远方丈夫的思念之情

思归恋故乡，君何淹留寄他方。贱妾茕茕守空房，忧来思君不能忘，不觉泪下沾衣裳。援琴鸣弦发清商，短歌微吟不能长。明月皎皎照我床，星汉西流夜未央。牵牛织女遥相望，尔独何辜限河梁！"

这首诗描写了一位独处闺中的少妇在秋月之夜，怀念远游未归的丈夫而不能入睡，内心充满无限忧愁的情景。作者既描写了少妇所处的环境，又描写了其心理活动，更写出她的寂寞凄苦、难耐，勾画出这位独守空房的少妇惹人怜惜的满面愁容，带着泪痕的妩媚情态，情真意切，动人心弦。正如陈祚明所说的"魏文帝诗如

曹丕的文学作品反映了
封建社会的生活本质

西子捧心，俯首不答，而回眸动盼，无非可怜之绪。倾国倾城，在绝世佳人，本无意动人，人自不能定情耳"。正是他这种创作风格所达到的高度艺术效果。他的诗和散文，基本上反映了封建社会的生活本质。

作为"魏响"的开拓者，曹丕具有通脱精神。他一反汉儒的神秘主义和经院哲学，大胆创新、大胆开拓。首先是诗歌形式的多样化。曹丕诗歌基本上以五言为主，但四言、六言、七言或杂言的也不少。《芙蓉池作》《钓竿》《黎阳作三首》都是五言体；《善哉行》《短歌行》都是四言诗；《上留田行》除最后一句外，基本上是六言体；七言诗如

《燕歌行》显示出了曹丕深厚的艺术修养

《燕歌行》二首，是当今存世最早的、形式最完整的七言歌行体诗歌。曹丕的《燕歌行》是第一首文人七言诗，它奠定了七言诗的基础，确立了七言诗的地位。而他的杂言诗，句子参差变化，形式多种多样。如《大墙上蒿行》，句子短则三字，长则多达九字，参差变化，形式新奇。这首诗长达三百六十四个字，这在他以前和以后的很长时间内，还没有人写出这样的长篇巨作。如果没有勇于探索多种体裁的创作精神，没有深厚的艺术修养和宏大的气魄是很难写出这样的作品的。王夫之品评《大墙上蒿行》一诗道："长句长篇，斯为开

曹丕在运用旧文体的同时，也在努力开发"纯文学"的新体裁

山第一祖。鲍照、李白，领此宗风，遂为乐府狮象。"这些都说明了曹丕在诗歌形式上敢于革新和创造。当时许多人，包括曹植在内，都把注意力集中在传统文体上，而唯有曹丕，在运用旧文体的同时，也努力地尝试和开发"纯文学"的新体裁。

曹丕还写出了我国第一部"志怪"小说集《列异传》和"志人"小说集《笑书》。这在我国小说的形成和发展上也具有重大意义。

三文坛才子——曹植

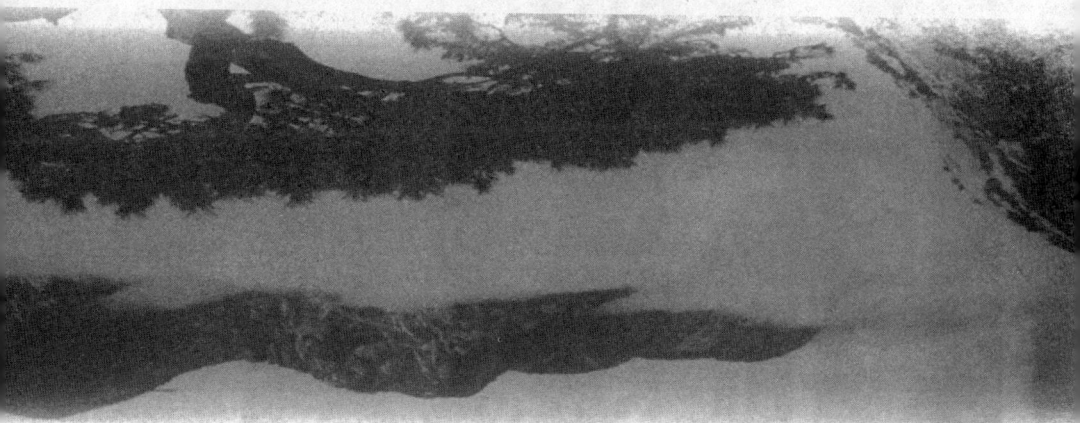

提起曹植，人们最先想起的就是他七步成诗的故事。故事讲的是曹丕做了皇帝后，想尽办法迫害曹植，于是命令曹植在走七步路的短时间内作出一首诗，做不成就杀头。结果曹植应声咏出《七步诗》。以箕、豆相煎为比喻，不着一字，却将其兄长残害骨肉手足的事实揭露无遗。这个故事在《三国演义》第七十九回"兄逼弟曹植赋诗 侄陷叔刘封伏法"中有详细的记述。说曹丕欲杀其弟曹植，母亲卞太后为曹植求情。曹丕一方面顾虑母命难违，另一方面又心有不甘，这时谋士华歆建议他以"赋诗"之计来惩治曹植。曹丕说："我和你虽然是兄弟，但现在从礼仪上来讲是君臣，你怎么能自恃有才，就蔑视我呢？以前先君在时，你常常以文章夸示于人，我很怀疑你是请人捉刀代作的。今限你行七步吟诗一首。假如你果然能办到，就免你一死；如若不能，将从重治罪，决不宽恕！"曹植说："乞求你命个题目。"这时殿上悬挂着一幅水墨画，画的是两头牛斗于土墙之下，一头牛坠井而亡。曹丕指着画对曹植说："你就以此画为题吧。诗中不许犯着'二牛斗墙下，一牛坠井死'

曹植在七步之内以两牛相斗为题写出了诗作

曹植的文学才华令人钦佩

煮豆燃豆萁，豆在釜中泣

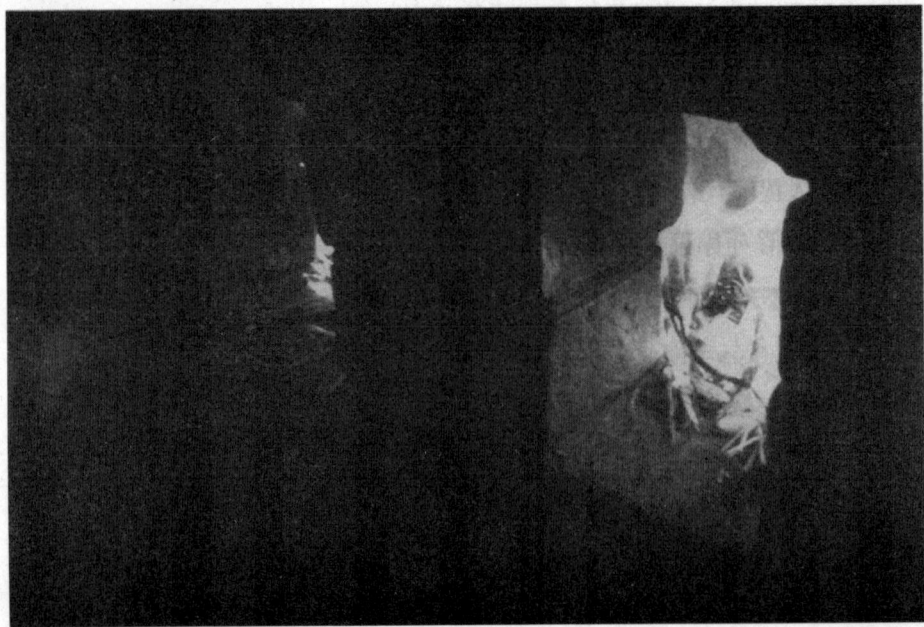

三曹与建安七子

字样。"曹植行七步，其诗已成。诗写的是："两肉齐道行，头上带凹骨。相遇块山下，郯起相搪突。二敌不俱刚，一肉卧土窟。非是力不如，盛气不泄毕。"曹丕和手下大臣都非常惊讶。

曹丕又说："七步成章，我认为还是太迟。你能不能应声而作诗一首？"曹植说："也请你出个题目。"曹丕说："我和你乃是兄弟，你就以此为题吧。但诗中也不许犯着'兄弟'字样。"曹植不加思索，即口占一首曰："煮豆燃豆萁，豆在釜中泣。本是同根生，相煎何太急！"曹丕听了后，潜然泪下。母亲卞氏这时也从殿后出来，说："你做哥哥的怎么逼迫弟弟这么紧呢？"曹丕慌忙离开座位告母亲说：

听了曹植的诗，母亲卞氏从后殿出来为他求情

文坛才子——曹植

069

曹植被贬为安乡侯，保
全了性命

"国家法律制度不可以废呀。"于是将曹植
贬为安乡侯。曹植拜谢上马告辞而去。

　　这个故事显示了曹植的才华横溢，在其
兄不顾手足之情的紧要关头，能够面无惧色、
不受影响地运用自己的聪明才智化险为夷，
抵制了哥哥的残酷迫害，保全了自己的性命。
但这毕竟是用小说的写作笔法虚构的情节，
是为了塑造两个对比鲜明的人物形象，并不

足以取信。除了《三国演义》，南朝宋刘义庆的《世说新语·文学》对这一事件也有简短的记载："文帝尝令东阿王七步中作诗，不成者行大法；应声便为诗曰：'煮豆持作羹，漉菽以为汁。其在釜下燃，豆在釜中泣。本自同根生，相煎何太急！'"虽则两部书中的记载相类，但是《七步诗》仍然真假难辨。检索正史，有关曹植、曹

《世说新语》也有关于曹植七步成诗的记载

曹植出生于乱世

丕的记载均无此说。这个故事很有可能是后人为了凸显曹植的文才，不平于曹丕对曹植的迫害杜撰出来的。

曹植是曹操的第三子，与曹丕同为卞夫人所生。他的一生大致可以以曹操的去世为界，分为前后两个阶段。他出生时，正值乱世，直到建安九年，曹操消灭了袁绍，挟天子以令诸侯，才使北中国大体统一。幼年的曹植一直生活在富有浓厚政治、文学氛围的家庭中，父亲曹操是个集军事家、政治家、文学家于一身的杰出人士，他的周围，又有一批富有才华的文臣武将、文人墨客，这些对曹植来说，无疑创造了对成长有利的客观条件。曹植本人也很早熟，10岁就能背诵诗文与辞

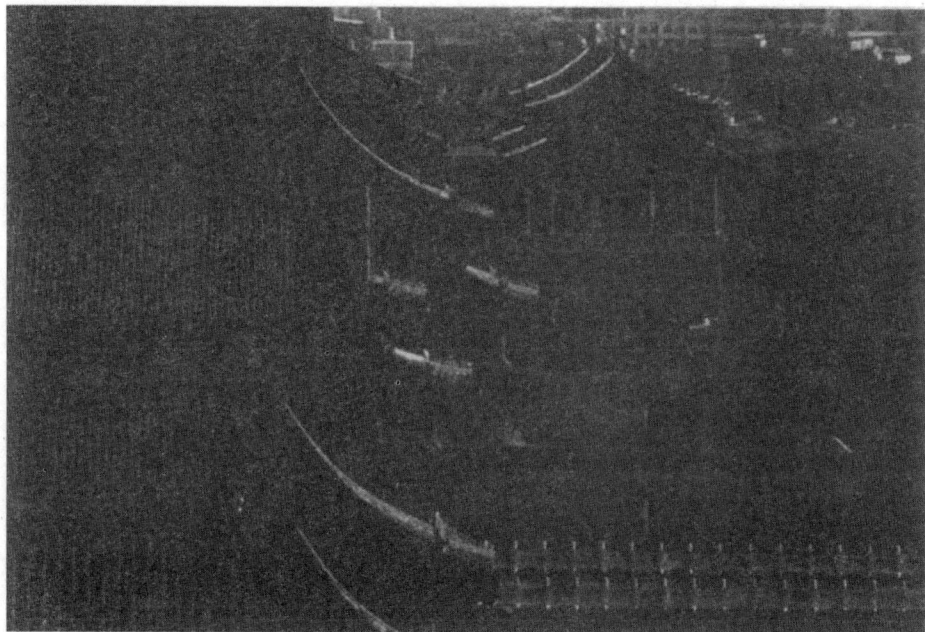

曹操挟天子以令诸侯，使北
中国大体统一

曹植受到父亲的熏陶，得到了良好的教育

文坛才子——曹植

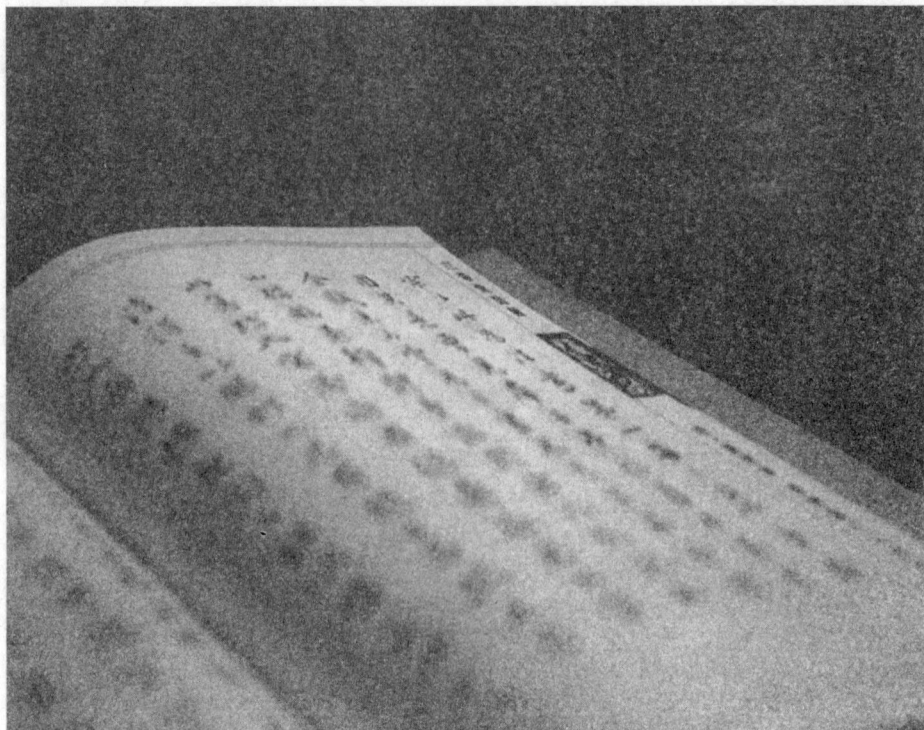

曹植自幼便能背诵诗文与辞赋，颇得父亲曹操的欢心

赋，写一手漂亮文章，颇得其父曹操的欢心。邺城铜雀台落成之际，曹操特命诸子登台，各自为赋，结果曹植第一个交卷，且极富文采，令曹操十分惊讶。曹植还多才多艺，不仅长于书法、善于绘画，还熟悉乐曲，爱好舞蹈、击剑，这对他的文学创作有很大裨益。

曹植青年时，曾多次随父从征，他在《求自试表》中曾写道："昔从先武皇帝，南极赤岸，东临沧海，西望玉门，北出玄塞，伏见所以行师用兵之势，可谓神妙也。"其实，曹操对他也寄予厚望，徙封临淄侯那年七月，

曹操兴趣广泛，还爱好舞蹈和击剑

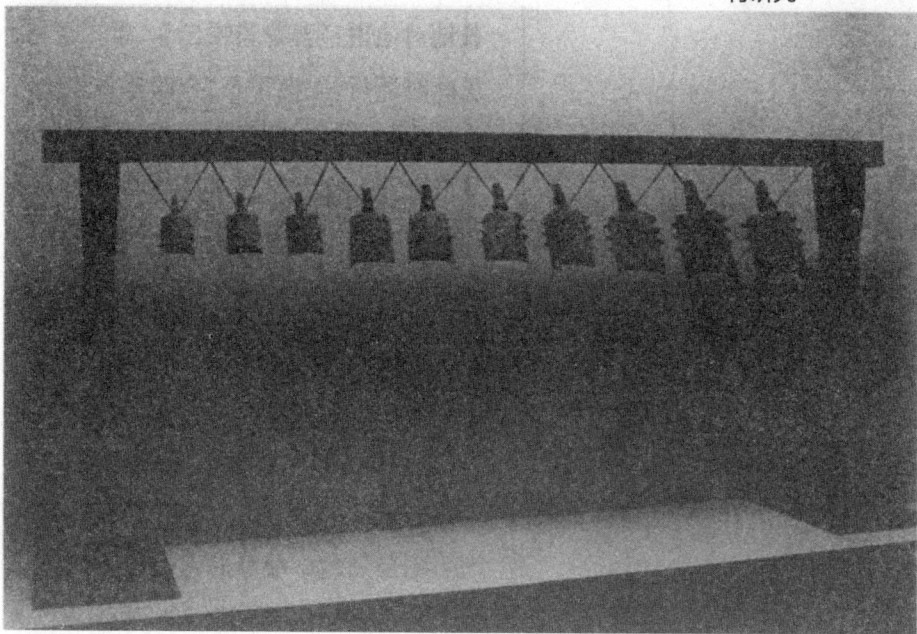

曹操在乐曲方面也有研究

文坛才子——曹植

曹植常与文人雅士以诗酒唱和

曹操征孙权，命令曹植典禁兵，留守邺都宫省，临行前曹操语重心长地对他说："吾昔为顿丘令，年二十三。思此时所行，无悔于今。今汝年亦二十三矣，可不勉与！"言语间流露出父亲对儿子的殷切期望。

从征之余，曹植更多的是参与一些集体的文学唱和活动。当时曹操周围集中了一批文人雅士，他们常与曹操父子以诗酒唱和，在与文人们聚会时，曹植常常"不治威仪，舆马服饰，不尚华丽"，没有盛气凌人的架势。有一次曹操派邯郸淳去看望曹植，曹植非常高兴，洗澡化妆，亲自跳起少数民族的舞蹈，跳丸、击剑，朗诵诗歌，以示欢迎。

完毕之后才更换衣服，整理仪容，坐下来与邯郸淳谈话。谈话内容上至三皇五帝，下至时事、政治、经济、军事、文学无所不包。邯郸淳回去之后赞叹曹植为"神人"。曹植能与文人们以诚相待，颇得他们好感。不过，曹植也有他性格的另一面，他常"任性而行，不自雕励，饮酒不节"，建安二十四年曹操任命曹植为南中郎将，行征虏将军，解救曹仁。可他酩酊大醉，不能受命，曹操失望之余只能另派他人。他还酒后私开司马门，惹得曹操大怒，不仅杀了他的随从，而且从此对他"异目而视"。这些方面，多少也表现了曹植政治上的不

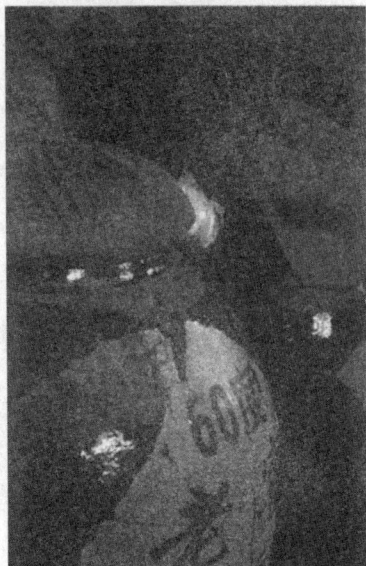

曹植的嗜酒影响了他在政治上的发展

文坛才子——曹植

成熟以及处理问题与待人接物的欠周全。

由于曹植文才过人，曹操曾一度试图让曹植成为他的继承人，在这个问题上，曹丕与曹植兄弟之间有着极大的矛盾与对立，双方不仅勾心斗角、互争宠信，且各自手下谋士也极力互相攻讦。曹操有感于曹植在政治上的不成熟，最终决定立长子曹丕为太子，致使曹植从此受挫，惨遭迫害，成为中国历史上兄弟相残的典型。

曹植的晚年十分孤独，郁郁寡欢

曹操撒手西归后，曹丕登上皇位，曹植从此开始了人生历史的第二个阶段——由昔日父王庇荫下的豪奢公子，成了时时受兄长忌恨、施压的"惊弓之鸟"。他陷入了极为困顿的境地。曹丕死后，曹叡即位，曹植的境况并无改观，这期间，曹植曾数次上书，请求能被召见起用，却始终杳无音讯，由于他的特殊地位，无人再敢同他交往。致使他晚年基本处于与世隔绝的状态，只有仆役服侍左右，每天面对着妻子，想要高谈阔论，却无人能懂，最终在郁郁寡欢的境遇下含恨而亡，终年41岁。

曹植从来不把自己当作纯粹的文人，他对政治和文学的态度是很鲜明的。他的一生都把对政治理想的追求放在首位，而

曹植认为文章是〝辞赋小道〞

曹植始终不懈地追求着自己的政治抱负

三曹与建安七子

文学则始终处于"退而求其次"的尴尬境地。他在《与杨德祖书》一文中说，文章是"辞赋小道"，认为文学创作不能"揄扬大义"，又不足以"彰显来世"。理想和现实往往是有差距的，这一点在曹植身上表现得尤为突出。曹植终其一生都未能施展他"戮力上国，流惠下民，建永世之业，流金石之功"的政治抱负。反而在他看不起的文学创作领域，作出了卓越的成绩。"三曹"中，曹植的文学成就历来最为人们所认可。谢灵运曾盛赞道："天下才有一石，曹子建独占八斗，我得一斗，天下共分一斗。"说法虽有些夸张，但曹

曹植在文学创作领域
做出了卓越的成绩

文坛才子——曹植

曹植许多前期的诗歌表现了贵公
子的优游生活

植的才气可略见一斑。钟嵘《诗品》也评曹植诗曰："骨气奇高，词采华茂。"另外，我们拜读曹植诗作也能感知其非凡文才。

曹植的诗歌，可以说是他一生实际遭遇与心态的真实记录，诗章展示的是他对人生的感慨、对世态炎凉的感受、对社会现象的揭露。他的诗歌作品，从艺术上说，继承了《诗经》、楚辞、汉乐府的创作精神，并在此基础上加以创新，使五言诗得以奠定基础，且有所发展与提高。毫无疑问，在建安诗人中，曹植是创作力与艺术表现力均堪称上乘的杰出代表。

《泰山梁甫行》描写了滨海地区人民的困苦生活，流露出作者的同情与关怀

他的诗歌前期与后期在内容上有很大的差异。前期诗歌可分为两大类：一类是表现他贵公子的优游生活；一类则反映他"生乎乱、长乎军"的时代感受。前一类作品有《斗鸡》《公宴》《侍太子坐》等，描写游乐宴享之事，内容比较空虚浮泛。后一类作品有《泰山梁甫行》《送应氏》等。《泰山梁甫行》描写了滨海地区人民的困苦生活，表达了诗人对下层百姓所怀有的同情。《送应氏》二首，作于建安十六年随军西征途经洛阳时。诗中除叙述友情外，着重写了东汉皇都洛阳在战乱以后"垣墙

垣墙皆顿擗，荆棘上参天

皆顿擗，荆棘上参天"的残破荒凉景象以及诗人内心的激动，反映了汉末军阀混战所造成的社会大破坏，具有较强的现实意义。

后期诗歌，主要抒发他在压制之下，时而愤慨，时而哀怨的心情，表现他不甘被弃置，希望用世立功的愿望。其代表作有《野田黄雀行》《赠白马王彪》《七哀诗》《怨歌行》《鰕鳝篇》《杂诗》第六首。《野田黄雀行》大约作于曹丕即位之初，诗中以黄雀上遇鹞鹰、下逢罗网，来比喻他的好友丁仪被曹丕所杀。《赠白马王彪》是其一篇力作。诗作于黄初四年，其年五月，诸藩王俱朝京师洛阳，任城王曹彰在洛阳突然死去，七月诸王还国，曹植与（白马王）同路，又被监国使者所禁止，诗人"意毒恨之"，愤而成篇，以赠别曹彪，诗分七章，先写离开洛阳返回封地时途中情状，又写对已故曹彰的怀念和对即将分离的曹彪的惜别之情。诗中愤怒斥责监国使者是"鸱枭""豺狼""苍蝇"，实际上将矛头指向了曹丕。诗中安慰曹彪不要过于悲伤，"丈夫志四海，万里犹比邻，恩爱苟不亏，在远分日亲"。整篇作品既表现了深沉的悲痛，又不流于悲伤绝望，写得情真意切，感人至深，是曹丕作品中难得的具有较明显的反抗意味的作品。《七哀诗》使用以夫妇比

曹植的诗作感情真挚，意义深远

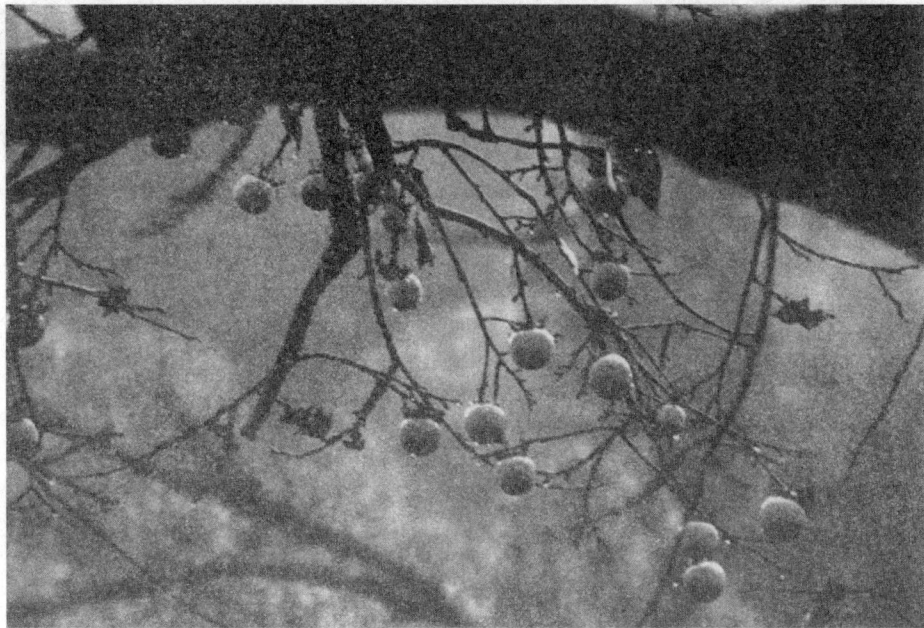

曹植的辞赋主要表现了
人生的情感思绪

君臣的手法，诉说自己被长时间弃置勿用的愁思。

曹植创作的辞赋，在数量上仅次于诗，他"少而好赋，其所尚也，雅好慷慨"。在辞赋的内容上，他主要表现了人生情感思绪，一改汉赋歌功颂德的旧貌，作品所述，大多为序志、述怨、咏物、感时或描写男女恋情。早年，曹植曾以一篇《登台赋》令曹操和当

《七启》形象地阐发了儒、道传统观念

时文坛震惊，充分显露了他的非凡文才。不过，《登台赋》并不代表曹植辞赋的主调，其内容主要是歌功颂德。而比较能代表他早期思想与人生观的赋作是《七启》。这是一篇"七发"体作品，它借用两个虚构人物，展现了建安时代文人思想的对立与斗争，形象地阐发了儒、道传统观念，篇末以儒家功利主义战胜道家无为思想而

《感节赋》描画了明媚春天的无限春色

告终。曹植的另一些作品，如《归思赋》《释思赋》《叙愁赋》等，比较典型地反映了他的实际思想与感情，体现了他的辞赋作品的主调。曹植有不少因大自然美景触发灵感而欣然驰笔的赋作，如《感节赋》描画了明媚春天的无限春色；《大暑赋》记录了赤日炎炎的酷暑情景；《秋思赋》透出了弥漫于秋日的萧瑟凄凉氛围。这些赋作以生动传神的妙笔，传达了作者对四时景象变化所生发的感受，喜怒哀乐跃然纸上。

曹植还有不少咏物赋，"应物斯感，感物吟志"，它们虽然篇幅短小，却能以小寓大，

曹植善于以小喻大，寄寓情感

寄寓作者丰富的情感和讽喻、感慨。如《神龟赋》，借对神龟不幸遭遇的描写，吐露对才士不受重用、惨遭杀害的愤慨；《蝉赋》，以蝉喻己，以对蝉心理活动的巧妙勾画，展露作者身处困境、备受摧残的真实景况；《白鹤赋》《鹦鹉赋》等，以鸟、虫形象作譬喻，给读者留下深刻印象。

特别值得一提的是曹植的两篇代表赋作：一篇是仿屈原作品而作的《九愁赋》，全赋以屈原身世经历起笔，通过描述屈原的悲惨遭遇，联系自己，借古讽今，赋的结尾，表达了自己如同屈原一般的志向与

《九愁赋》表达了曹植同屈原一样的志向气节

文坛才子——曹植

《洛神赋》历来被文学史著作奉为绝妙文辞

宁作清水之沉泥，不为浊路之飞尘

三曹与建安七子

《洛神赋》倾注了曹植心中的爱与恨

气节——"民生期于必死，何自苦以终身！宁作清水之沉泥，不为浊路之飞尘"，发出了与屈子同悲的心声；另一篇即是历来脍炙人口的代表作《洛神赋》，此赋倾注了曹植心中的爱与恨，是一篇被誉为"明珠"的佳作，全赋以宋玉《高唐赋》《神女赋》题材为内容，通过人神恋爱的悲剧，反映与表现男女爱情的悲欢离合，尤其是那段描摹洛水女神丰姿神韵的文字，被历来文学史著作奉为绝妙文辞。

很明显，曹植是在继承屈原、宋玉、枚乘等人风格基础上，对传统辞赋作进一步的开拓与发展，从而开创了具有自己独特风格的辞赋模式，对辞赋文的变革与发展，起到了重要的

曹植的创作摆脱了汉赋的束缚，融入了丰富的情感

促进作用。具体地说，他的创作摆脱了汉赋的束缚，克服了汉赋一味追求宏大体制、堆砌辞藻的弊病，力求在短小的篇幅中融入生动活泼的内容和丰富的情感，且风格多样，语言精美，在辞赋发展史上占有重要地位。

曹植的散文今存七十多篇，它们包括章、表、书、论、令、文、序、说等多种文体。在这些文体中，以书和表两类最为突出，刘勰说曹植的表"独冠群才"，而曹植的书札更是建安文人书札中的珍品，极富文学价值。

四　非御用文人
——建安七子

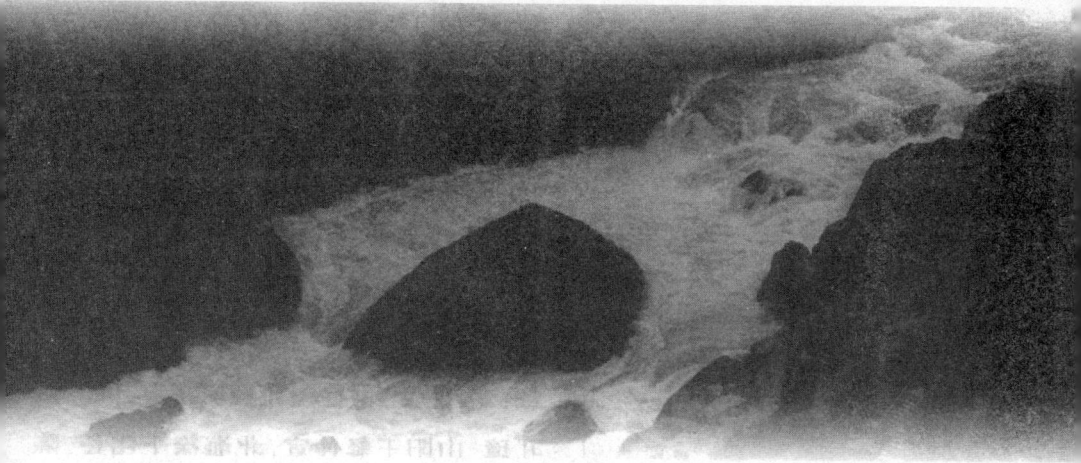

孔融是孔子的第二十世孙

建安是汉献帝的第二个年号，只有二十五年的历史。后来曹丕称帝，改变国号，建安的年号也就不存在了。从建安初年起，到建安二十二年止，这一时期北方有几个文人，先后被曹操所辟召，在幕下作僚属，其中有六个人在文学上有突出成就，并和"三曹"一起影响后来的文学。这六个人连同孔融一起，被称作建安七子。曹丕《典论论文》载："今之文人：鲁国孔融文举、广陵陈琳孔璋、山阳王粲仲宣、北海徐干伟长、陈留阮瑀元瑜、汝南应玚德琏、东平刘桢公干，斯七子者，于学无所遗，于辞无所假，咸自以骋骥于千里，仰齐足而并驰。"

汉代画像砖

汉代陶俑

孔融崇尚自然率性，不拘礼教

七子之中，孔融最年长，也最为世人所熟知。"融四岁，能让梨"的故事至今仍家喻户晓。不仅如此，《后汉书·本传》称孔融"幼有异才"。10岁那一年，孔融随父亲来到都城洛阳。当时河南尹李膺名声极大，但他从不轻易接待宾客，不是当世的名人或者世交子弟一概不见。士人们把能被他接见比喻为"登龙门"，其难可见一斑。当时孔融还是个孩子，却偏要见李膺，他对李府的守门者说："我是李君的世交子弟，烦请通报一声。"李膺请他进来后，看了看，疑惑地问道："你的祖父或是父亲与我家有交情吗？"孔融答道："是的，我的先祖孔子与您的先祖老子互相欣赏对方的品德，曾经互为师友。从那里算来，我与您算得上是几世累积的世交呢！"在座的客人听了无不惊叹，称赞他小小年纪竟如此聪慧，是个"异童"。李膺也不禁称赞他日后"必为伟器"。

　　孔融刚直耿介，一生傲岸，不拘儒家礼教，其言论行为常有出格之处。他时常不穿官服，不戴头巾，便装出行。在孔融心中，所谓孝道也是不足守的，他甚至说："父亲与子女有什么可亲呢？就其本质来

"融四岁，能让梨"的
故事流传至今

孔融认为子女与母亲的关系就如同寄存在瓶子里的物品

说，不过是情欲的产物罢了！子女与母亲的关系，不也是如此吗？就像寄存在瓶子里的物品，出了瓶子也就没什么关系了。"这种离经叛道的言论，很难相信是出自孔子的二十世孙之口。

在许昌，孔融常常发表议论或写文章攻击嘲讽曹操的一些措施。太尉杨彪因与袁术有姻亲，曹操迁怒于彪，打算杀他。孔融知道后，顾不得穿朝服就急忙去见曹操，劝说

建安九年，曹操攻下邺城

他不要乱杀无辜，以免失去天下人心。并且声称："你如果杀了杨彪，我孔融明天就撩起衣服回家，再也不做官了。"由于孔融的据理争辩，杨彪才得以免去一死。

建安九年，曹操攻下邺城，其子曹丕纳袁绍儿媳甄氏为妻，孔融知道后写信给曹操说："武王伐纣，以妲己赐周公。"曹操问他事出何经典，孔融回答道："以今度之，想当然耳。"当时连年用兵，又

非御用文人——建安七子

加上灾荒，军粮十分短缺，曹操为此下令禁酒，孔融又一连作书加以反对。曹操对于孔融也一忍再忍，只因当时北方形势还不稳定，而孔融的名声又太大，不便对他怎样。到了建安十三年，北方局面已定，孔融终被曹操所杀。

孔融的文学作品，流传下来的不多，其中诗歌仅存八首。其《杂诗》第二首抒写幼子夭折的悲痛，哀婉动人，不失为当时抒情诗中较好的作品。就其传世的作品来看，他的散文胜于诗歌。孔融散文的特色是以文笔的犀利诙谐见长，从前面提到过的孔融嘲讽曹操父子的书信就可略见一斑。他的两篇《难

接连征战，灾荒不断，曹操军粮
短缺

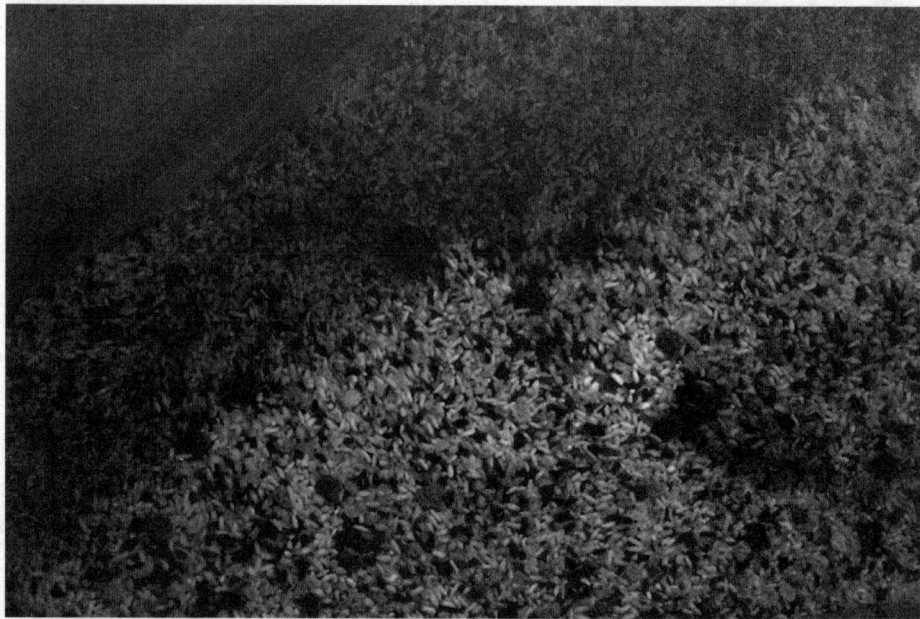

三曹与建安七子

为了缓解军粮短缺的状况，曹操下令禁酒

《杂诗》第二首抒写幼子夭折的悲痛，哀婉动人

非御用文人——建安七子

孔融在《难曹公表制禁酒书》中显示了他跌宕的性格和犀利的笔锋

曹公表制禁酒书》也具有强烈的讽刺性。前篇历数古代哲王圣贤、文臣武将因酒成事，建立功业，得出"由是观之，酒何负于政哉"的结论。第二篇更是极尽讽刺揶揄之能事，曹操说酒可以亡国，非禁不可，孔融反唇相讥道：也有因妇人失天下的，何以不禁婚姻？临了干脆一针见血地揭出曹操的老底："疑但惜谷耳，非以亡王为戒也。"孔融在文中强词夺理，反对禁酒是毫无道理的，只能借以显示他跌宕的性格和犀利的笔锋，所以曹丕在称赞他"体气高妙，有过人者"的同时，也批评他"理不胜辞，至于杂以嘲戏"。

王粲被刘勰称为"七子之冠冕"。可见七子之中他的文学成就最高。王粲以诗赋见长，他的诗赋风格清丽，读后令人回味无穷。《初征赋》《登楼赋》《槐赋》《七哀诗》等是王粲作品的精华，也是建安时代抒情小赋和诗的代表作。明代人辑录其作品，编有《王侍中文集》流传后世。

王粲年少时就显示出博闻强识、过目不忘的本领。一天，他与人同行，路遇一碑，别人问他能否背诵这篇碑文，王粲看了一遍，当即背碑而诵，一字不差，随行者无不惊叹。又一次，王粲看人下围棋，棋盘

王粲记忆力超群，可将碑文的内容一字不差地背诵下来

王粲迁居长安，得到左中郎将蔡邕的赏识

不小心被掀翻，乱了棋局，王粲凭着自己的记忆，重新把棋局恢复。大家不信，另摆开阵势下起棋来，棋到半局，猛地用手帕盖住，让王粲用另一副棋子摆出来。王粲摆完，大家打开棋局一看，竟一子不差。

汉献帝西迁时，王粲也随之徙居长安，深得左中郎将蔡邕的赏识。当时，蔡邕才学

三曹与建安七子

卓著、声名远播，朝内官员无不敬仰，宾客盈门。有一天王粲来蔡邕家拜访，蔡邕听说王粲来了，慌忙出门迎接，匆忙中竟把鞋子穿倒了，成语"倒履相迎"即来自于此。看到大文学家蔡邕"倒履相迎"的只是个十几岁的孩子，且身材矮小、长相平平，众宾客十分不解。蔡邕对宾客们介

蔡邕才华横溢，声名远扬，在西安很有名望

非御用文人——建安七子

绍说："这位是王龚的孙子，才华出众，我都不如他啊！我所有的藏书、文章，都要传授给他。"从此王粲成为蔡邕的传人。

王粲 17 岁时，朝廷选拔人才，授予他黄门侍郎的职务，王粲没有应诏。当时权臣董卓刚被剿杀，其手下大将李傕、郭汜等在长安作乱。为躲避战祸，王粲和族兄王凯赴荆州牧刘表处避难，在荆州住了十六年。直到建安十三年（208 年）秋，刘表死后，其子刘琮接替父亲当上了荆州牧。曹操率大军征讨荆州，王粲利用亲戚关系，劝降刘琮，使曹操没用一兵一卒，便获取了荆州。王粲因此被曹操任命为丞相掾，赐爵关内侯，后

朝廷授予王粲黄门侍郎的职务，王粲没有应召

为避战祸，王粲去荆州避难

王粲在荆州度过了十六
个春秋

非御用文人——建安七子

王粲于建安二十三年在出
征回来的路上病逝

又升为军师祭酒。建安十八年（213年），
魏国建立后，又被任命为侍中。建安二十二
年（217年）冬，王粲随曹操出征，第二年
春天，在返回邺城途中因病逝世。

曹植、曹丕非常尊重王粲。生前常有诗
赋往还；死后曹植亲作《王仲宣诔》以吊之，
曹丕临丧亲吊。据传王粲生前高兴的时候，
喜欢模仿驴叫，学完驴叫，才思格外敏捷。

王粲逝世的消息传来，整个建安文坛被震动了，为王粲举行隆重的安葬仪式后，不胜感伤的曹丕在王粲墓前说："仲宣平日最爱听驴叫，让我们学一次驴叫，送他入土为安吧！"随即率先模仿起了驴叫，和曹丕前来吊唁的才子们也一起学了起来。

阮瑀、徐干、刘桢、陈琳、应玚五人，并附在《魏志·王粲传》后，但是语言较为简略。阮瑀、徐干是建安七子中飘逸不群的人物，他们身在尘世，心存江海，常有出世之辞。假如《三国志》有逸士传的话，说不定陈寿会把他们并入逸士之列的。阮瑀早年师事蔡邕，以战乱而蛰居，不涉世

在王粲的墓前，前来吊唁的曹丕和才子们学驴叫，为王粲送行

非御用文人——建安七子

阮瑀不愿应召，逃到了山里

事，后为强力所追，不得已而出山。相传，曹操听说阮瑀很有才华，下令征召他。阮瑀不愿应召，怎奈曹操接二连三地召他，阮瑀没办法只好逃到山里，曹操听闻后居然下令焚山，阮瑀只得被迫下山应召。但心中颇愤愤不平，遂作歌以表己志："青盖巡九州，在西东人怨。士为知己死，女为悦者玩。恩义苟敷肠，他人焉能乱。"借以讽刺曹操寡恩薄德。阮瑀在曹操治下十余年，政治上无任何建树，文学上也无大成就。可见，他出山之后，于世事仍是不甚关心。

和阮瑀一样，徐干也无心仕途。史书记载，他"轻官忽禄，不耽世采"。他曾两次

无奈应召后的十余年里，阮瑀没有任何建树和成就

徐干和阮瑀一样恬淡寡欲、无心仕途

非御用文人——建安七子

徐干淡泊名利，潜心著述

推辞曹操征召，后来之所以出仕，饥寒役使是主要原因。出仕曹操后，他虽然免却了负薪之苦，但仍有脱俗之志，他在文章中写道："有逸俗先生者，祸耕乎严石之下，栖迟乎穷谷之灿，万物不干其志，王公不易其好。寂然不动，莫之能俱。"

徐干并不热心于政治，而是潜心著述。时人王昶曾对徐干作过这样的评价："北海徐伟长，不治高名，不求苟得，澹然自守，唯道是务。其有所是非，则托古人以见其意，当时无所褒贬。"这与曹丕"独怀文抱质，恬淡寡欲，有箕山之志谓彬彬君子矣"的评价是一致的。

刘桢、应场均为曹操所征召。但二人的处世态度大相径庭，其表现也有很大差异。刘桢性疏狂，不拘礼法，仕曹时曾"以不敬被刑"，事情大概是这样的：一次，曹丕与一众人等宴饮作乐、诗酒唱和。大概是喝多了耍酒疯，非让甄夫人出来不可。其他人见此情景，都低下头来，避开嫌疑。只有刘桢大模大样地坐在那里看着甄夫人。此情此景正好被曹操看见，便以"不敬"之罪对他作出了惩罚。尽管如此，刘桢还是深得曹氏父子喜爱。他们出则令其随行，宴则邀其陪坐，

应场在政治仕途上怀才不遇

吟咏让其奉和，亲密程度为一般人所不能及。刘桢少时贫居，长大后四处漂泊，能够有幸遇到明主，有如此礼遇，怎能不感恩戴德，一心拥护曹操呢？

同是拥护曹操，应场同刘桢却大不一样。应场早年四处漂泊，为人颇为世故。归曹之后，没有得到太多的重视。大概也因为如此，他的出场常伴以嬉皮笑脸，玩世不恭，很像汉武帝的宫廷弄臣东方朔。他的《西狩赋》《驰射赋》铺张扬厉，盛赞曹操，但都是一些廉价的颂词。他自视怀才不遇的同时又失去了积极进取的勇气和信心。

较之上述六人，陈琳的经历更为复杂，事功思想也更加强烈。他前后三易其主，不

一而终。为何进主薄时，何进欲招外兵诛
宦官，陈琳直言劝谏，铺陈利害，并声言
其"必不成功"。但是何进不纳忠言，引
狼入室，最后丧生狼口。陈琳避难于冀州，
袁绍用其为记室。后来袁绍议伐许都，要
向曹操宣战，使陈琳作《为袁绍檄豫州文》
声讨曹操，檄文言辞激烈，累数曹操罪恶，
大骂曹操为"赘阉遗丑"。曹操当时正苦
于头风，病恹恹地躺在床上，读罢陈琳的
檄文，竟惊出一身冷汗，从床上一跃而起，
连头风都痊愈了。冀州一战，陈琳被曹操
所擒，曹操虽然责备他作檄文时辱及父祖，
但爱怜其才，将他赦免，让他担任从事。
因为陈琳善写檄文，曹操常常命他随军出

陈琳的事功思想强烈，三易
其主，不一而终

非御用文人——建安七子

《饮马长城窟行》描绘了
战士们长期服役边地的辛
苦和思乡之情

征。曹丕、曹植两兄弟对他也是另眼相看，与他文字往来频繁。对于陈琳来说，三易其主皆能尽心竭力，假如没有积极进取的用世思想，恐怕是根本不可能的。

　　陈琳诗、文、赋皆能。诗歌代表作为《饮马长城窟行》，用乐府诗旧题，全篇以对话方式写成，乐府民歌的影响较浓厚，是最早的文人拟作乐府诗作品之一。诗歌通过对修筑长城的士兵和他妻子的书信往返，揭露无休止的徭役给人民带来的深重灾难。全篇用对话形式来表现主人公的神态和心情，简洁生动。士卒和官吏的对话表现了战士们长期服役边地的辛苦，以及他们渴望回家的迫切心情；士卒和妻子往返的书信表现了古代劳动妇女和从军战士忍辱负重、互相关心、生死不渝的伟大情操。那种"生男慎勿举，生女哺用脯"的悲愤情绪，曾使多少读者为之潸然泪下。散文除《为袁绍檄豫州文》外，还有《为曹洪与世子书》等。他的散文风格比较雄放，文气贯注，笔力强劲，所以曹丕有"章表书记，今之隽也"的评论。辞赋代表作有《武军赋》，颂扬袁绍攻灭公孙瓒的伟业，写得颇为壮伟，当时亦称名篇。又有《神武赋》，是赞美曹操北征乌桓时军容之盛的，

陈琳热衷于功名的思想也
反映在他的作品中

风格与《武军赋》相类似。

　　陈琳在动乱时世中三易其主，一定程度上表现了他对功名的热衷。这种热衷也反映在他的作品中。与"七子"中其他人相比，他的诗、赋在表现"立德垂功名"一类内容上是较突出的。

　　陈琳著作，据《隋书·经籍志》载原有集十卷，已佚。明代张溥辑有《陈记室集》，已收入《汉魏六朝百三家集》中。

三曹与建安七子